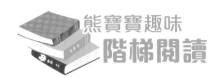

熊寶寶趣味
階梯閱讀

4至5歲

跟我一起玩

新雅文化事業有限公司
www.sunya.com.hk

熊寶寶趣味階梯閱讀（4 至 5 歲）

跟我一起玩

作　　者：譚麗霞
繪　　圖：野人
責任編輯：黃花窗
美術設計：陳雅琳
出　　版：新雅文化事業有限公司
　　　　　香港英皇道 499 號北角工業大廈 18 樓
　　　　　電話：（852）2138 7998
　　　　　傳真：（852）2597 4003
　　　　　網址：http://www.sunya.com.hk
　　　　　電郵：marketing@sunya.com.hk
發　　行：香港聯合書刊物流有限公司
　　　　　香港新界大埔汀麗路 36 號中華商務印刷大廈 3 字樓
　　　　　電話：（852）2150 2100
　　　　　傳真：（852）2407 3062
　　　　　電郵：info@suplogistics.com.hk
印　　刷：中華商務彩色印刷有限公司
　　　　　香港新界大埔汀麗路 36 號
版　　次：二〇一七年七月初版

ISBN: 978-962-08-6835-1
18/F, North Point Industrial Building, 499 King's Road, Hong Kong
Published and printed in Hong Kong

導讀

《熊寶寶趣味階梯閱讀》系列的設計是用簡短生動的故事,幫助孩子識字及擴充詞彙量,並從中學習簡單的語法及日常生活常識。這輯的故事是專為四至五歲的孩子而編寫的,這個階段的孩子已認識了一些基本的中文字,他們可以在父母的陪伴引導之下,去讀一些文字較多的圖畫書,進一步增加詞彙量。這輯圖書除了能讓孩子學會更多的常用字詞與基本句式之外,還讓孩子初步學習一些簡單文法及科普知識。

語言學習重點

父母與孩子共讀《跟我一起玩》時,可以引導孩子多學多講,例如:

❶ 說一說其他家務的名稱。例如:洗碗、熨衣服、抹窗等。

❷ 說一說其他家具的名稱。例如:飯桌、衣櫥、冰箱、組合櫃等。

❸ 延伸閱讀。本故事內有故事,看完本書後,可與孩子看一看經典童畫故事《三隻熊的故事》作為延伸閱讀,了解故事中的金髮小女孩與三隻小熊是什麼關係。

親子閱讀話題

現在的人,無論是大人還是孩子,生活節奏都很緊張忙碌。但是父母都不能忽略跟孩子的溝通,不妨抽空問問孩子:「近來你最喜歡跟誰一起玩? 你們在玩哪些遊戲?你想跟爸爸媽媽一起玩嗎?」我覺得不管有多忙,家長都應抽出時間陪孩子一起玩。不要怕將同一個簡單的遊戲玩上數十次,或將同一本書朗讀數十遍,暫時忘記自己是成年人,投入孩子的世界,用他的眼光,他的心情,盡情地去玩稚氣十足的遊戲吧!

譚麗霞

<ruby>熊<rt>xióng</rt></ruby><ruby>寶<rt>bǎo</rt></ruby><ruby>寶<rt>bao</rt></ruby><ruby>說<rt>shuō</rt></ruby>：「<ruby>媽<rt>mā</rt></ruby><ruby>媽<rt>ma</rt></ruby>，<ruby>跟<rt>gēn</rt></ruby><ruby>我<rt>wǒ</rt></ruby><ruby>一<rt>yì</rt></ruby><ruby>起<rt>qǐ</rt></ruby><ruby>玩<rt>wán</rt></ruby>！」

熊媽媽說：「我很忙，我要洗衣服。你自己玩積木吧！」

熊寶寶用積木蓋了一間房子，說：「媽媽，你看，積木房子蓋好了！跟我一起玩！」

熊媽媽説：「我很忙，我要掃地。
你自己看書吧！」

xióng bǎo bao ná qǐ yì běn tú huà shū　 shū li
熊 寶 寶 拿 起 一 本 圖 畫 書 ， 書 裏
yǒu yí gè xiǎo nǚ hái　 qù le sān zhī xióng de jiā
有 一 個 小 女 孩 ， 去 了 三 隻 熊 的 家 。

三隻熊的故事

xiǎo nǚ hái chī le xiǎo xióng de shí wù

小女孩吃了小熊的食物，

9

zuò le xiǎo xióng de yǐ zi

坐了小熊的椅子，

10

zuì hòu hái shuì zài xiǎo xióng de chuáng shang
最後還睡在小熊的牀上。

11

熊媽媽說：「熊寶寶，媽媽現在有空了，我們一起玩吧！」

熊寶寶說：

「我很忙。我要看書。」

Play with Me

P.4 "Play with me, mummy!" says Bobo Bear.

P.5 "I'm really busy," Mama Bear says. "I have to do the laundry. Go play with your blocks on your own!"

P.6 Bobo Bear builds a house with the blocks and says, "Look, Mummy. My block house is done. Come play with me!"

P.7 "I'm really busy," Mama Bear says. "I have to sweep the floor. Go read your books on your own!"

P.8 Bobo Bear picks up a picture book about a little girl who went to three bears' house.

P.9 The little girl ate the little bear's food…

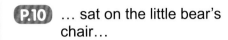 … sat on the little bear's chair…

P.11 … and finally slept in the little bear's bed.

P.12 "Bobo Bear! Mummy is free now," says Mama Bear. "Let's play together!" "I'm really busy," says Bobo Bear. "I have to read my book."

P.13 ---

親子共讀

1 講述故事前，爸媽先把故事看一遍。

2 講述故事時，引導孩子透過插圖、自己的相關生活經驗、故事中的重複句式等，來猜測生字的意思和讀音。

3 爸媽可於親子共讀時，運用以下的問題，幫助孩子理解故事，加深他們對新字詞的認識；並透過故事當中的意義，給予他們心靈的養料。

建議問題：

封　面：從書名《跟我一起玩》，猜一猜熊寶寶想跟誰一起玩些什麼。

P. 4-5：猜一猜熊寶寶想玩些什麼。為何熊媽媽不跟熊寶寶玩積木？

P. 6-7：熊寶寶用積木拼砌了什麼？熊媽媽請熊寶寶自己做什麼？

P. 8-9：熊寶寶看的這本書叫什麼？圖書中的小女孩吃了什麼？

P. 10-11：圖書中的椅子是屬於誰的呢？猜一猜圖書中的小女孩為何睡着了。

P. 12-13：為何熊寶寶最後不跟熊媽媽玩呢？猜一猜熊寶寶是否喜歡看圖書。

其　他：你喜歡玩什麼？你喜歡跟誰玩？

　　　　如果其他人都在忙，沒時間陪你玩，你會有什麼感覺？你會自己做什麼？

4 與孩子共讀數次後，請孩子以手指點讀的方式，一字一音把故事讀出來。如孩子不會讀某些字詞，爸媽可給予提示，協助孩子完整地把故事讀一次。

5 待孩子有信心時，可請他自行把故事讀一次。

6 如孩子已非常熟悉故事，可把故事的角色或情節換成孩子喜愛的，並把相關的字詞寫出來，讓他們從這種改篇故事中獲得更多的閱讀樂趣，以及認識更多新字詞。

識字活動

請撕下字卡，配合以下的識字活動，讓孩子掌握生字的字形、字音和字義。

指物認名：選取適當的字卡，將字卡配對故事中的圖畫或生活中的實物，讓孩子有效地把物件及其名稱聯繫起來。

★ 字卡例子：房子、自己、椅子

動感識字：選取適當的字卡，為字卡設計配合的動作，與孩子從身體動作中，感知文字內涵的不同意義，例如：情感、動作。

★ 字卡例子：洗衣服、掃地、睡在

字源識字：選取適當的字卡，觀察文字中的圖像元素，推測生字的意思。

★ 字卡例子：説，屬「言」部；食物的「食」字，屬「食」部

★ 進階學習：可與孩子對比另一輯圖書（3至4歲）《熊寶寶吃蛋糕》中介紹「口」部的字。

字形：表示從口中發出言語。（會意）
字源：人說話時，口舌同時活動，所發出的聲音會組成一連串有意思的音符，這便是言語，所以古人會畫出口部和舌頭伸展的動作。現在保留「口」字在下面，上面「亠」表示口舌配合所發出的言語。

字源識字：言部

句式練習

準備一些實物或道具，與孩子以模擬遊戲的方式，練習以下的句式。

句式：角色一：＿＿＿＿，跟我一起 ＿＿＿＿ ！
　　　角色二：我很忙，我要 ＿＿＿＿ 。

例子：角色一：媽媽，跟我一起玩玩具！
　　　角色二：我很忙，我要準備晚餐。

字形：像一碗飯食。（會意）
字源：米飯是中國南方的主要食糧，吃時用碗來盛。上邊「亼」指的是碗蓋，碗連飯的部分就演變成「艮」的寫法。偏旁寫成「飠」或「飠」。

字源識字：食部

識字遊戲

　　待孩子熟習本書的生字後，可使用字卡，配合以下適當的識字遊戲，讓孩子從遊戲中温故知新。

記憶無限：選取一些字卡，爸媽説出數張字卡上的字，請孩子按正確次序説出及排列字卡，讓孩子從遊戲中複習字音和字形，並增強記憶力。

小貼士 可由 2 張字卡開始，然後逐步增加數量。選取字卡時，可挑選有意思的組合，例如：「小女孩 + 看書」、「熊 + 吃了 + 食物」、「三隻 + 熊 + 一起 + 玩積木」，讓孩子從遊戲中學習有意義的詞組或句子。

有口難言：選取一些字卡，並放在神秘袋內，請孩子抽取一張字卡，並根據字義，用表情、身體動作、口語描述等形式表達出來（但不能直接説出字卡上的字），請爸媽猜猜是什麼，讓孩子從遊戲中複習字義。

小貼士 遊戲初期可選字義較具體的字卡。

文字拼圖：選取一些字卡，放大並複寫在圖畫紙上，然後剪成數塊，供孩子拼砌，讓他在拼砌的過程中更熟悉生字的字形結構，從遊戲中複習字形。

小貼士 遊戲初期可提供原來的字卡供孩子參照。

説

跟我一起玩

玩

跟我一起玩

洗衣服

跟我一起玩

玩積木

跟我一起玩

掃地

跟我一起玩

看書

跟我一起玩

拿起

跟我一起玩

吃了

跟我一起玩

坐了

跟我一起玩

睡在

跟我一起玩

忙

跟我一起玩

有空

跟我一起玩

圖畫書

跟我一起玩

小女孩

跟我一起玩

熊

跟我一起玩

食物

跟我一起玩

椅子

跟我一起玩

牀上

跟我一起玩

房子

跟我一起玩

一間

跟我一起玩

一本

跟我一起玩

三隻

跟我一起玩

自己

跟我一起玩

一起

跟我一起玩